KB082364

일만칠천 원

人人 사실편시선 017

조영옥 시집
일만칠천 원

2015년 5월 25일 제1판 제1쇄 인쇄
2015년 6월 1일 제1판 제1쇄 발행

지은이   조영옥
펴낸이   강봉구

편집   김영미
디자인   bonggune
인쇄제본   (주)아이엠피

펴낸곳   작은숲출판사
등록번호   제406-2013-000081호
주소   100-250 서울시 중구 퇴계로 32길 34(예장동) 2층
전화   070-4067-8560
팩스   0505-499-8560
홈페이지   http://cafe.daum.net/littlef2010
이메일   littlef2010@daum.net

ⓒ 조영옥

ISBN 978-89-97581-74-0 03810
값은 뒤표지에 있습니다.

일만칠천 원

조영옥 시집

작은숲

| 시인의 말 |

세 번째 시를 정리하고 10년만이다.

10년 동안 시를 많이 쓰지 못했다는 의미다.

나에게 10년은 어떤 시간이었나?

상주란 마을에 와서 정착을 하고,

하고 싶었던 학교생활을 하고,

촌집을 사서 또 다른 휴식을 취하기도 하였고,

그리고 지역사람들과 지역문제를 해결하려 단체를 만들고 일했다.

바빴다. 열심히 살았다.

그 사이에 두 딸이 결혼을 하고 손녀, 손자가 탄생하고

가족 사랑의 절정을 누렸다.

그러나 무엇보다 내 삶의 활력소는 '떠돎'이었다.

여럿이서, 단 둘이서, 혹은 혼자서

나는 끊임없이 삶터를 떠나 또 다른 삶을 살려 했다.
떠돌아서 충만함에 시가 들어설 자리가 없었고
문득 절실히 혼자를 느낄 때 시가 찾아왔다.
마음 속 시의 자리가 너무 커서 시를 쓸 수 없었고
쓸려 떠나는 것들을 겨우 붙들어 한두 마디 할 수 있었다.
그런 삶의 흔적들.
그런 10년에 좀 대견한 것은
미움 때문에 마음을 다치지 않으려 노력했다는 것이다.
밤하늘 별과 바람과 함께, 그것도 사막에서
나는 참 많이 울었기 때문이다.
그 울음들이 키 낮은 꽃으로 피어 기쁘다.

제1부

서해에서

그대는 내 속 깊이 잠겼다 떠났나 보다
넓은 공허
무수히 박힌 조가비처럼
추억 혹은 상처
어디에 그대 흔적 있을까
종종종 갈매기 발자국 따라
물결자국 따라
걷다걷다 아득한 만큼
선명하게 다가드는 빈자리
그대는 내 깊은 마음 속 울타리
남김없이 쓸어갔나 보다
시간에 등 떠밀려 솟아오른 바위
휑하니 드러나는 멍든 아랫도리
굴딱지 같은 기억들
묻어둔 것은
사라지는 것이 아니라

드러났다 잠길 뿐
그대는 떠나며
버리라 버리라 했는데
나는 얄팍한 무엇 하나
그래도 붙들고 있었나 보다
바람이 불고
바다가 운다
큰 소리 지르며 물러났다
물거품으로 돌아와 흩어지는
나를 운다.

나를 위한 노래

물가에 앉아
별이며 강이며
모래알을 노래하였다
물새며 버들치며
물방개를 노래하였다
길을 가며
나무며 버들강아지며
눈꽃을 노래하였다
아름다운 풀꽃과 샘물과
헐벗은 이웃을 노래하였다
사라져 갈 모든 것들
아픈 생명
핍박 속에도 영원히 이어져 갈
자연을 노래하였다
그 노래가 나를 위로할 줄 알았다
그 노래가 나를 채워

채워서 비워질 것이라 알았다
그러나 비웠다고 생각함이
이미 비움 아님을
비움도 채움도 아닌 허공이
들려주었다
이제 나를 노래하면서 길을 가야겠다
나의 노래 속에서
별과 눈꽃을 만나야겠다
나무와 샘물을 만나야겠다
햇살이 걸림 없이 내려앉고
바람이 스쳐 지나가듯
비움도 채움도 없이
그저 사랑으로
나를 노래해야겠다.

나무가 되어

큰 느티나무
어둔 밤
나무에 기대
나무가 되어 본다
내가 나무 되어 서 있고 싶은 건
뿌리 깊이 우뚝 서 있어서도 아니고
큰 그늘로 있어서도 아니다
열매 매달아
은혜로워서도 아니고
죽은 듯 봄이면 다시 살아나는
희망이어서도 아니다
한손바닥 물조차 담는
천공의 달빛
담을 수도 없이 흘려
물 속에서야 함께 흔들리는
그래서 더욱 아름다운 달빛을 만들어

나무는
하늘 가득한 바람
품지도 못하고
못내 아쉬워 보내면서
우수수 소리로
바람의 흔적을 만드는
나무는
그래서 내가 되고 싶은 나무는
나의 말이 되고
나의 마음이 되고
나는 나무가 되어
달빛 흘리며
바람을 보내며
그렇게 서 있고 싶다.

귀향

방문을 여니
스믈스믈한 곰팡내
장판은 온 몸을 긁고 있었다
여기저기 피가 맺히고 딱지가 앉아
있었다
오지 않는 집주인을 원망하며
안 오면 그만이지 외면하듯
어느 새 방문을 바라보는
잠시 그 마음을 헤아리다
주욱 밀려 찢어질까 조심스레
한걸음 두걸음
발을 디뎌 본다
방안을 한 바퀴 두 바퀴
눅눅한 장판의 심장 소리가
발바닥을 간지르면
부푼 살점이 내 기척에 달라붙을까 저어하여

가을 햇살을 불러들인다
오래 비워둔 집
쥐나 귀뚜라미나 나방이나
제 집 여겨 산 듯하고
풍경은 시도 때도 없이 운 듯
누군가 떼 놓았다
화단 풀은 나무처럼 높고 빽빽하게 서 있고
노란 국화 눈망울 풀을 헤치고
고개를 내민다
이런 것인가
사방 문을 열면 물밀듯 쏟아져 들이치는
가을볕에
피 맺힌 상처를 어루만지며 위로가 되는 것
이런 것인가
버려두어도 원망 없이 저대로 꽃을 피우는 것
그래서 돌아오는 것인가

그래서 돌아와야 하는 것인가
돌아오기 위해 떠나는 것인가
마음 깊은 곳 파르르 풍경이 운다
무거운 발등
귀뚜리 한마리.

와온바다

해 지는 와온바다 본다며
서쪽으로 서쪽으로 차를 달려
와온바다에 왔다
먼 수평선 위
해는 구름에 감싸인 채 잦아들고
해보다 더 빛나는 바다의 검은 속살을
만났다
짱뚱어 숨구멍
바람에 떠밀린 물결의 흔적
먹이를 찾는 물새떼
그림 속 강줄기 같은 물길과
그 속에 숨은 하늘노을
보이지 않아 더 깊은 이야기들 잠겨 있는
와온의 방파제에 걸터앉아
소주 한잔 기울이니
해 지고 달 뜨는 천상의 일보다

바람이 들려주는
팍팍한 삶의 무늬
헤어날 수 없이 아득한
비린 살 냄새
너의 몸 깊은 곳
요동치는 삶의 몸짓들
그것이 나를 살게 할 수 있을까
때로
산다는 것이
허망한 몸짓이기도 하여
칠흑 어둠 같은 너의 몸
생명이 들끓는 도가니 같은 너의 몸
소주보다 더 투명한
너의 몸을 보며
몸 떨며 우는
나를 달래 보아도 될까

와온바다
바다 아니어도 좋은
바다에 왔다.

와온바다에 오면

희푸른 바닷물 넘실대거나
물 밀려나고 오롯이
번쩍번쩍 검은 속살 드러나거나
해가 지거나
달이 뜨거나
와온바다에 와서
잠시 나를 바라보고 가려면
와온슈퍼 철판탁자
팔꿈치 괴고 앉아
통통한 참게 꿈틀대는
여사장님표 해물라면 한 그릇
소주 한 잔 들어 보시라
바라보이는 방파제 너머
너 나 없이 엉켜 있는
바다와 하늘 만나시라
소주잔 속에 구름도 바람도 잠기고

고불고불 라면 후루룩

아삭아삭 꼭꼭 씹어

마음을 다져주는 참게껍질

그 뒤 부드러운 살맛

때로 사람보다

더 위로가 되는

때로 위로보다

아련히 잊을 수 있어 좋은

속 뜨거움을 알아보시라

주체할 수 없는 마음의 무게

바다에 엎드려

깊이깊이 나를 보고 싶을 때

와온바다에 오면

나를 침몰시키는

바다도 있고

흩어진 마음 건져 올리는

인정도 있음을
아시라

자동이체

한동안 잊겠다는 것
그래도 마음은 주고 있다는 것
잊어도 잊은 줄 모르며
지내기도 한다는 것
문득 생각나 다시
이어가려 한다는 것
마음은 변하기도 변하지 않기도
떠나기도 돌아오기도
영원이라기보다
잡은 손 놓지 않는다는 것
사랑이라는 것.

땅콩 캐는 날

땅콩을 심었다
퇴비 뿌리고
흙 한번 뒤집어 주고
한 알 한 알 꼭꼭
숨겼더니
앙증맞게 옹기종기 모인
푸른 잎
진노랑꽃까지 피우더니
가을이 채 오기 전
주렁주렁 땅콩이 열렸다
땅 속에서
한 알 한 알
단단한 껍질에 싸인 콩을 수북이 매달고
심었던 땅콩 한 알은 사라졌다
콩알 하나에 담긴 이치를
콩이 땅 속에서 죽어야 알 수 있다

손아귀 수북한 땅콩
그저 요깃감으로
입속에 들어갈 뿐
그래서 사라질 뿐
볶은 땅콩 같은 우리 삶
세상의 그 많은 허망함들 앞에서
오늘 땅콩 한 알
당당하게 모습을 드러낸다
주렁주렁 매달린 생명의 모습으로.

이름

둑방길 산길
들꽃 잔치
발 디딜 틈 없이 빼곡한 싱그러움
온몸에 스미는 부드러움
뛰고 내딛는 발길에
소스라치게 놀란 꽃들의 비명 소리
들리지 않았는데
족두리풀 홀아비꽃대 은방울
이렇게 이름 한번 부른 후
온천지 이름 부를 꽃들이라
즈려밟고 갈 수 없어 당황한다
이름을 불러준다는 것은 참으로
가슴 무거운 언약
내가 너의 이름 소리쳐 부를 수 없는 이유이다
무너진 듯 상처투성이 너를
그래도 무너지지 않는 너를

끝없이 부르다
속으로만 부르다
참으로 두렵고 가슴 뜨거워져
더 이상 부를 수 없는
너의 이름이다.

풀

벽지를 새로 바른다고
한 냄비 풀을 끓이다
나무 막대기로 풀을 젓다
어릴 적 풀 끓이던 생각이 나다
뭉근한 불에 풀을 젓는 것이
참 지루하여
"아버지 풀이 끓어요." 하면
"복판까지 부글부글 끓어야 된다."
"아버지 복판에서도 뽀글뽀글 해요." 하면
"아따 자슥 조금만 더 저어라."
한평생 집안을 위해 뭐 하나 한 것 없이 죽었다고
엄마의 푸념만 들었는데
생각해 보니 아버지가 문풍지도 발라 주고
내 교복도 다려 주고
벽에 도배도 해 주셨다
얼굴도 가물가물 떠오르지 않는데

가신 뒤 가슴을 치며 울었던 기억은 생생하다
해드린 것이 없어 부끄럽기만 했던 기억 때문에
항상 현재의 사랑을 지키려 했다
사람은 그냥 가고
남는 것이 회한이라
부디 보내기 전 손 잡아 볼 일이다
가슴이 따뜻할 때 안아 볼 일이다
풀을 젓다가
기억을 젓다가
가슴 한 켠에서
뽀글뽀글 소리가 나고
풀처럼 뻑뻑해진 가슴에
아버지 생각 한 조각 붙이다.

할미꽃 두 송이

지하철역까지 바래다 준다며
엄마가 굳이 따라 나서신다
핸드폰도 무겁다 내려놓으시고
가쁜 숨 뱉으시며
한 발 한 발 걸으신다
좀 걷다 길 가 의자에 앉아 잠시 쉬고는
얼른 가자 하신다
한쪽 무릎 관절염인 내가
엄마와 죽이 맞아 느릿느릿 걸어간다
이 정도는 매일매일 걷는다며
걱정 말라는 엄마
지하철역 못 미쳐 그만 헤어지자 하신다
자주 전화하겠다고 약속하며
걸어가다 돌아보니
엄마가 그 자리 서 계신다
어여 먼저 가라 하듯 서로 손을 흔들고

지하철 입구에서 다시 돌아보니
엄마도 가던 길 멈추고 돌아서 있다
아흔을 바라보는 엄마와
환갑을 바라보는 딸이 다시 손을 흔든다
엄마가 돌아서 가신다
좁은 어깨 엄마의 뒷모습
넘어져 자식에게 폐 끼칠새라
안쪽으로 휜 다리 조심조심 걸어가는
엄마의 뒷모습
흐린 눈으로 좇는다.

창밖에 江

병실 창밖에 강이 보인다
4대강 사업으로 둑에 갇혀 흐르지 못하는 강
흘러 강인데
맘껏 흐르지 못해 썩어 간다

병실에는
스스로 주체할 수 없는
영혼들이 누워 있다
진지한 코미디
그 결말 없는 진지함에
가슴 속 눈물의 강

시간은 흘러도
세월은 정지되어
제 자리를 맴돌고
뒤로 돌아가기만 하는데

붙들어 줄 수도
끌어 갈 수도 없는
아버님 야윈 손
" 니가 한 일 년 만에 왔재?"
" 지난 주에 왔잖아요. 아버님"
" 그러냐. "

아버님 누우신 뒤편 강이 보인다
흐르지 못하는 강
흐르지 못하는 기억
표정 없이 천장을 향한 눈빛
강은 그래도 희망이지만
아버님 말라 버린 기억의 강은 하얗게
하얗게 비워진다
새털처럼 가벼워진다
병실 창밖에는

절망 속에 버티는 희망의 강이 보이는데.

유년풍경 1

부산 동구 수정동 우리 집 옆
동시 상영 삼류극장
영화가 좋았나
껌껌한 극장 안 사람 구경이 좋았나
학교 갔다 오면
삽작에서 마루까지 책가방 던지고
극장 기도 아저씨도 막을 수 없었던
무서운 열 살
아무 것도 모를 나이 같지만
여관방에서 처제와 놀아나던
하얀 사각팬티의 남궁 원
나이 들도록 싫었고
손톱 아래 대꼬챙이
유관순 누나
고문의 무서움을 벌써 알았다
세상은 깊은 우물로

내 속에 잠겼다

고작 열 살

관람석 통로 따라 오가며

사람들의 온갖 표정을 훔치고

문 열기 전 텅 빈 극장

혼자 뛰며 내지르던

소리의 공명에 소스라쳐 놀라

가슴 떨리던

삼류 미성극장

혼자 보고

혼자 놀고

혼자 웃고

혼자 울고.

유년 풍경 2

여인숙 하는 친구집 지나
골목길 한참 올라가면
갑자기 훤해지는 다리 끝
개천가 판잣집
동그만 독을 천으로 둘둘 싸서 끓이는
자박자박 술지게미
양푼이 하나 들고 가면
한 국자 푹 떠 주던
나이도 모를 할머니
취하기보다 배 채우던 술지게미
달작지근 먹다 보면
취하고 말지
돌아가는 길 멀고
술지게미는 뜨겁던 그 길
이제 다시 돌아가기는 더 멀고
술은 마셔도

취하지 않고.

불망

너를 잊었다 생각했다
찻집에서나
바다를 볼 때나
지하철에서나
밥을 먹을 때나
생각 속에 없으니
너는 없다고 생각했다
나의 팽팽한 의식의 긴장이
터질듯 너의 기억을
옥죄고 있는 줄도 모르고
애써 숨죽인 추억의 뒤안에
네가 몸 낮추고 앉아
흘러가는 미망의 물결을
바라보고 있는 줄도 모르고
나는 네가 없다고 생각했다
나는 내가 없다고 생각했다

그렇게 생각하고 싶었다
신열 속 기침을 할 때
가슴 속에서 툭 튀쳐 나오는 줄 모르고
무심코 돌아본 봄 산
한줄기 아련한 산벚꽃인 줄 모르고.

봄

황사 심한 날
하얀 종이 위에 파란색 글씨를 쓴다
마음 파래지라고
파란 바람이 불고
유리창도 파랗게 떨리고
파란 소리가
파란 숨소리로
심장에서 발끝까지
그래서
파란 봄풀로 피어나라고.

믿기로 했다

힘겹게 오르는 산도
한정 없이 굴러 떨어지는 수렁도
잡을 것 없기는 마찬가지
끝까지 가 보는 거지
누구에 대한 기대나 원망보다
자신을 바라보는 거지
자신에게서 가장 가까운
것이 자기일 수 있게
그렇게 믿어 보는 거지.

빈 들 따라 걷다

걷고 싶어 걷다
높은 하늘
치솟는 구름
닮고 싶어 걷다
어디 부빌 자리 찾듯
두리번거리며
휘이휘이 걷다
발길이
마음보다 앞서는 길
마음은 저만치 뒤에 두고
걸음만으로 걷다
마음이라는 놈
얼마나 무거웠는지
가벼웠던 걸음
걷다보니 무거워져
꽃 뿌리듯 마음 버리며

한숨으로 걷다
한참 걷다보면 잊을까
부질없는 그 마음
다 버린 줄 알았는데
홀연 발끝에 채이고
가슴 비집고 들어 앉아
버리고
또 버리며
눈물이 날 것 같아 걷다
빈 들 따라 걷다.

제2부

출석부

2학년 1반 고해인, 김민지, 김민희······

2학년 10반······ 이해주, 장수정, 장혜원.

입가에 거품이 일도록

250명 아이들 이름

하나하나 불러본다

빈 책상 빈 의자

의자 밑 벗어 놓은 슬리퍼

이 녀석들 대체 어디로 갔나

피시방에 짱 박혀 오지 않는 거라면

등굣길 괜한 바람에 훌쩍

어디론가 떠났다면

저들끼리 치고박고 피 터져

병원에 누워있기라도 하다면

복도에 꿇어 앉아 벌 서고

1주일 정학이나

상담실에서 반성문이라도 쓸 수 있다면

언젠가 추억으로 웃을 수 있을 터인데
희망이 너희들 이름 아니냐
그렇게라도 돌아왔으면 좋겠다
아이들아
실상사 세월호 천일기도소에 꿇어 앉아
눈물 한 줄기 이름 하나
오지 않는 아이들
대답 없는 아이들을 불러본다
가슴 속 묵직한 순종의 추를 매달고
끝내 헤어나지 못한
어른들의 세상
미안하다 미안하다
잊지 않으마
천 일 만 일 잊지 않고
부르고 또 부르마
너희들의 이름.

강여울

어디쯤일까
흐르다 흐르다
쉬고 싶은 곳
잠시 무릎 두드리며
앉아 있을 곳
긴 숨으로 흘러야 할
길이라
애태우지 않고
조급하지 않고
그래도 그치지 않고
높으면 높은 대로
낮으면 낮은 대로
함께 흘러 외롭지 않지만
어쩌다 한번쯤
흐르듯 멈추어 설 곳
마음의 불 밝혀

홀로 돌아보는 곳

그곳이 어디쯤일까

어머니 품

젖 내음 맡으며

무릎 베고 드러누워

황조롱이 노래 소리 귀 기울이는 곳

은빛 달무리 흘러 넘쳐

동자개 갈겨니 몸 부딪치며

아우성 대는 곳

어디쯤일까

어느 날

폭풍우 할퀴고

물사태 덮쳐

피 흘리고 숨 막혀도

멈추어 다시 시작이 되는

그 곳

세월을 이기는 그 곳
혼자였지만
모두 하나가 되는
그 곳.

나도 江이 되어

조약돌 환히 비치고
발목 잠기는 물 얕은 江
남정네 몇 큰 돌로 바위를 때린다
꽝 소리 나자 기절한 물고기 물위에 떠오른다
신나는 고기잡이
물 얕은 江 여기저기 봄이 오고 있다.
이 잔잔한 낙동강에 운하를 만든다 한다
江 가운데 운하를 세우면
江은 江이요 운하는 운하인 줄 알았는데
江이 사라진다 한다
흘러 살아 있던 江이
갇혀 죽은 물이 된다 한다
물이 죽어 송사리가 죽고 꺽지가 죽고
물이 죽어 갈대숲이 죽고 금모래가 죽고
눈 환하게 밝히며 손 내밀어 줍던 다슬기가 죽고
어린 아이 폴짝 건너뛰던 징검다리가 죽고

새까맣게 반짝이는 몸 뒹굴던 모래밭이 죽고
나의 추억이 죽고 동화가 죽고
아이들의 놀이와 웃음이 죽고
그리하여 허공 중에 부서지던
푸른 별밭도 사라진다 한다.
흐르지 않으니 맑을 수 없고
맑지 않으니 나를 비출 수 없어
江이 사라지면 나도 사라진다.
봄빛 부서지는 江가를 걸으며
금빛 江 허리 스치며 불어오는 바람을 맞으니
江은 나의 온몸으로 스며든다.
江은 흘러야 한다
생명의 江은 흘러야 한다
흐르는 강물을 따라 걸으며
江의 아픔을 보면서
어느덧 나도 江이 되어 흘러간다.

해바라기

여름 방학하는 날
전교생 37명 한자리 모여
한 학기 즐거웠던 일 아쉬웠던 일
돌아가며 발표하였다
3학년 명우는
즐거웠던 일이 사회선생님과 해바라기 심었던 일
아쉬웠던 일이 심어놓은 해바라기가
죽어버린 것이라 했다
연변에서 와 말이 서툰 엄마
이미 어른인 이복형제들
그래서 마음 붙일 곳 없는 명우는
동아리활동도
방과 후 특기적성시간에도
할 만한 것 찾지 못하고
아이들 저대로 자기 특성을 살리고 즐기는 시간
명우는 사회선생님과 호미 한 자루 들고

고구마밭 풀을 매고
해바라기 모종을 심었다
학교 담장 따라 줄줄이 심고
화단 주변에 보기 좋게 심어 놓았다
학생들 돌아가며 즐겁고 아쉬웠던 일 다 털어내고
선생님들 차례에
우리 사회선생님 제일 기뻤던 일
명우랑 해바라기 심었던 일
제일 아쉬웠던 일은
명우가 심은 해바라기가 넘어졌을 때라 했다
희미하지만 환한 명우 웃음
고단한 마음을 씻어 준다
텅 빈 방학 한 달 우리 학교는
명우가 심은 해바라기
꽃을 피워 환한 불 밝히겠다
저들끼리 서로 바라보며

외롭지 않겠다

공부도 특기도 아닌 노동의 힘으로

온 세상에 꽃이 피고 희망이 피어나는 것을

명우는 몰라도

호미질과 흙손의 의미를 몰라도

가녀린 모종이 뿌리를 박듯

세상을 버티는 힘이 될 것이다

여름방학 끝나면 해바라기 환한 웃음으로

돌아올 아이들 속에

빛처럼 투명한 명우의 웃음도 함께

뛰어올 것이다.

상주 꽃집 용주씨

상주 꽃집 용주씨
평소보다 이른 시간
꽃을 손보고 있다
이렇게 일찍 웬일이냐 물었더니
어제 대구에서 너무 이쁜 꽃들을
많이 가져와
얼른 펴 보이고 싶어서란다
꽃을 거두고 자랑하는 것이
천상 꽃장사라 내가 말했다
그러면서 나도
아이장사를 잘 해야 할 터인데
생각하며
출근길 서둘러 걸었다
인사하며 지나치는 아이들에게
꽃 같은 웃음을 주었다.

부끄러움

이스탄불 동방박물관에는
4000년 전 힛타이트 왕과 이집트 왕의
평화조약 점토판이 있다.
작고 깨진 파편들
황금보다 빛난다
전쟁보다 평화가 낫다는
깨우침의 점토판
세월이 경험이 되지 않는
이 시대의 불화를 보면서
그 점토판이 떠오른다
서로 하나씩 점토판을 안고
백성에게 건네 줄 선물을 안고
자신의 삶 속으로 돌아간
왕들의 현명함을
이 시대는 모른다
알지만 원하지 않는다

그보다 더 원하는 것이 있기에
욕망은 세월에 비례하는 것인가
걷잡을 수 없는 자멸의 배를 타고
우리는 어디로 가는 것인가
깨지고 보잘 것 없는 점토판 앞에서
깨알 같은 사랑과 우뚝 선 위엄 앞에서
시대를 부끄러워한다
나를 부끄러워한다.

일만칠천 원

인터넷 검색창에 일만칠천 원을 쳐 본다
분당 정자동 이자카야 에비스 병맥주 일만칠천 원
8kg 수박 1통 일만칠천 원
최우수등급 등심 100g당 가격 일만칠천 원
3분 노래하고 오만 원을 받았다…… 1분에 일만칠천 원
방이동 모듬해물 어묵탕 일만칠천 원
모 치킨집 프리미어 텐더 요래요래 계산서 일만칠천 원
굿모닝 에그마스터 정품 일만칠천 원
어느 일요일 남편과 둘이 외식
목심 샐러드 스테이크와 고르곤졸라 피자 한 판
삼만사천 원 일인당 일만칠천 원
오십대 남자 새벽에 몸이 아파 119 불러 병원 갔는데
밀린 치료비 일만칠천 원 내지 않으면
접수를 받지 않겠다 하여 다섯 시간 미적거리다 쓰러져
급성 복막염 판정 사흘 뒤 죽었다.
일만칠천 원

수없이 많은 일만칠천 원
누군가 즐기고 뱃속을 채우는 사이
누군가의 생명을 빼앗은 일만칠천 원
먹고 즐기는 것도 부끄러워 해야 하는 세상
사는 것이 죄가 되는 이런 세상
먹은 것 다 토하고 싶은
이런 이런 세상.

고백

어린이날
석가모니 부처님 태어나신 날
대추리는 짓밟히고 있었고
나는 킨텍스 2층 이탈리아 레스토랑에서
1인당 4만 원짜리 정식을 먹고 있었다
기억하지도 못하는 와인 이름과
이태리 무슨 야채 이름들을
흘려 들으며
보통으로 익힌 안심 스테이크를
썰고 있었다
연한 고기는 입 속에 들어가자마자
눈 녹듯 사라지고
대추리 주민들의 비명소리는
모래 씹히듯 입 속에 남았다
붉은 와인의 쌉사름한 맛을
혀 끝에 느끼는 순간

시위대의
피맺힌 함성이 목을 눌렀다
이렇게 목이 막히고
숨쉬기 힘든 식사를 하면서
속없는 웃음을 날리면서
오늘 어린이날을
부처님 오신 날을
원망하고 있었다
휴일이 아니면 오지 않았을 자리라고
그러나 이런 자리보다 더 부끄러운 것
그 자리에서 대추리 상황 전화를 받으며
누구 들으란 듯 걱정을 하는 나
무슨 보상이나 되는 듯
움츠리고 걱정하는 나
흐릿한 하늘조차
쳐다보기 부끄러웠다.

선생님 가시는 그 나라에는
– 권정생 선생님 영전에

선생님
권정생 선생님!
이쁘게 화장하시고
환한 삼베 옷 입으시고
검둥 고무신 빌뱅이 언덕 댓돌 위에 놓아두고
예쁜 꽃버선 갈아 신고
선생님 훨훨 떠나시네요
1년만 벗었으면 소원이 없겠다던
그 옆구리 평생의 오줌보
벗어 던지시고
처음으로 가벼운 몸이 되어
선생님 떠나시네요.

그래도 선생님 너무 하시네요
어찌 그리 황망히 가신답니까
아무리 다음 세상이 기다려진다 해도

아무리 더 건강한 남자로 태어난다 해도
스물다섯 남자로 스물셋 여자와 결혼하고 싶다 해도
그렇다고 그렇게 바삐 떠나십니까
무덤덤 일만 하시지만 너무도 가슴 아픈 정신부님
출판사 차리면 글 써 주신다고 약속하신 우리 상학이
찾아오지 말라고 박절하게 말씀해도
우물쭈물 찾아들던 그 많은 친구들 생각지도 않고
그렇게 떠나십니까?

가난하여 베풀 수 있었던 당신의 삶
삶이 고단하여 맑을 수 있었던 당신의 삶
닮고 싶어서 찾아가고
배우고 싶어서 찾아 들었지만
살아생전 잘 모시지 못한 채
선생님 떠나보내고 남은 우리
죄인이 되어 가슴을 칩니다

가족은 가족대로
친구는 친구대로
당신의 고독과 고통에 힘되지 못한 죄밑으로
통곡을 하고 가슴을 칩니다.

그러나 선생님
이제 선생님 가시는 그 나라에는
그립고 그립던 어머니 계시겠지요
먼저 가신 이오덕, 전우익 선생님 계시겠지요.
전쟁도 없고 병든 이도 없고
굶는 아이도 없겠지요
자동차 부릉부릉 타고 환경운동한다고 애타하던
그런 사람 없겠지요
가난한 자 외면하고 제 욕심만 차리는
나쁜 경영인 정치인 없겠지요
골프장 만들어 내 동네 더럽히는

그런 사람 없겠지요.
선생님 가시는 그 나라에는
평화와 사랑이 넘치겠지요
남쪽 아이 북쪽 아이 어울려
덩실 덩실 통일의 춤 추겠지요
아이들의 웃음과 노래가 꽃비 되어 내리겠지요
아! 선생님의 웃음 같은 착한 어른들이
세상을 아름답게 만들고 있겠지요

세상에 온 듯 그렇게 아무 것도 갖지 않고
강아지 똥처럼 온 몸을 녹여
우리들 가슴 속에 스며든
환한 5월,
눈이 부셔 우리는 웁니다
선생님 가시는 그 민들레 길이 눈이 부셔
우리는 마냥 웁니다

선생님
권정생 선생님!
편히 가세요.

큰나무
- 유상덕 선생님 영전에

한때 당신이 미웠습니다.
불평하고 뒷말하고 외면하고
소박한 환갑잔치에도 가지 않았습니다.
오래도록 슬펐습니다
어느 날 당신이 병들었다 소리 듣고
미웠던 마음 한번에 사라졌습니다
미움이 미움 아님을 알아
내가 행복해지기까지
당신은 그만큼 힘든 길을 가고 있었다는 것을
이제야 가슴치며 알게 됩니다.
스스로 넘을 수 없었던 교육모순의 벽
그 무능을 누군가의 탓으로 돌리고 싶고
뿌리를 잊은 채 자만하고
내 속의 욕망 인정하기 싫어
에둘러 뿌리치면서
그래도 큰 나무에 기대고 싶었던 거라고

이제야 말하게 됩니다.

그래요

당신은 큰 나무, 키 큰 나무였습니다

암울한 시대

더 많은 비바람 맞으며

홀로 뿌리 내리고 척박한 땅을 버텨

수많은 약한 줄기들 감고 올라가는 나무였습니다.

우리는 당신을 타고 올라가

높은 꼭대기 하늘을 보았습니다.

소박한 교사가 투사가 되어

참교육의 깃발을 흔들었습니다.

통일의 깃발을 휘날렸습니다.

무기력한 삶에 의미를 심고

핍박 속에서도 행복하였던 그 시절을

추억처럼 갖게 되었습니다.

그런 동안 나무는

무성한 잎과 줄기에 둘러싸여

보이지도 않은 채

썩어갔던 게지요

나무를 타고 오르는 잎과 줄기는

나무를 볼 수 없지만

세상은 그들을 통해 나무를 보았습니다.

당신은 그 나무였습니다.

이제는 볼 수 없는 건가요

넉넉한 웃음

한 번씩 깜박이던 눈꼬리

'음음' 하면서 뜸들여 말문을 열던

튼튼한 사상의 맥박소리를

이제 다시는 들을 수 없는 건가요

짧은 삶 속에서도 얼마나 많은 시간을

훌훌 털면서 살아와

그렇게 담담한 얼굴로

깊은 눈빛만 주고 가신 게지요
그래요
말하지 않아도 우리는 압니다.
당신이 못 다한 세월을 우리더러 채우라는 게지요
우리더러 또 다른 나무가 되라는 게지요
누군가 높이 오를 수 있도록
또 다른 희망을 볼 수 있도록
자신을 키우라는 게지요
세상은 여전히 어둡고
문득 문득 한눈팔고 외면하고 싶을 때
아! 그래도 함께 붙들고 놓지 말아야 할
질긴 끈 하나
형!
상덕이 형!

딱 부러지며 톡톡 튀는

– 김명희선생의 문학기행집『낯설고 익숙한』발간을
축하하며

말이 일어선다
꿈꾸던 말이 일어서 길을 걷고 언덕을 오른다
바람이 낮은 들꽃을 스치고
나무를 어루만지며
말이 되어 흐르다 또 다른 길이 된다
말이 흐른다
휘어지고 돌아들다 잠시 쉬어가는 강여울
그래도 흐르고 흐르는 강처럼
너에게서 나로
나에게서 너로 쉬임없이 흐른다
때로 흐르던 말이 멈추고 갇혀
이끼 낀 웅덩이가 되지만
말의 길, 말의 강은 멈추지 않는다
강 따라 걷던 길 문득 멈추어 서서
힘찬 걸음으로 걸어가는 너를 보았다
오며 가며 스치는 사람 속에서

때로 상처 주고 상처 받고
때로 위로 받고 위로가 되는 너를 보았다
걷다가 어느새 엎드려
키 작은 들꽃의 높이도 되고
깊은 숲 나무의 숨결로
하늘에 닿기도 하는 너를 보았다
그런 길을 얼마나 걸어왔는지
돌아보면 아득한
가나다라마바사아자차카타파하
아야어여오요우유으이
오늘,
비틀거리며 허우적대는 말의 길
부러져 동강나고 휘어진
혼탁한 말의 거리
먼지바람의 거리에서
그래도 여전히 걷고 있는 너를 만난다

여린 속 감추고
딱 부러지며 톡톡 튀는
찔레순 같은 너를 만난다
영원한 젊음으로 우리말을, 우리 길을 사랑하는
너를 만난다

머리무덤* 앞에서

도로에서도 한참
제방을 타고 내려가 넓은 공터 지나
풀 나무 우거진 곳
길도 없이 내려가니 개울가
조그만 비석이 있어 알 수 있는
무덤
누구에게 들킬까 마음 쫓기면서
여기 와서 한숨 돌린 어미
피 묻은 치마폭에 싸인
아들의 머리
어둑한 골짝
졸졸 흐르는 개울물
부들부들 떨리는 손으로
아들의 얼굴 바라보다
부릅뜬 눈 쓸어내리고
깨끗하게 얼굴 씻겨

조심조심 묻었구나
가슴에 묻었구나
이놈아 양반놈이 무어 하러
거기 어울려
착한 내 자슥이 왜 그랬어?
사람은 공평하게 살아야 된다고
외적에게서 나라를 찾아야 된다고
그래 그래 다 옳은데
근데 왜 니가 해야 하냐?
젖은 흙무덤에 엎어져
백발의 노모가 울었다
궁궁을을 궁궁을을
그래 그래 아들아
네가 바라던 세상
나도 이제 믿을란다
네가 옳으니 너의 세상도 옳은 세상이다

궁궁을을 궁궁을을
어미의 목소리
오늘도 물소리로 흐른다.

* 머리무덤 : 화남 임곡에 있는 강선보의 무덤을 말한다. 강선보는
양반 출신이지만 동학교도가 되어 상주읍성 공격시 크게 활약을
하다 체포되어 효수당했다. 백발 노모가 몰래 머리만 치마폭에 싸
서 돌아와 동리에 들어가지도 못하고 개울가에 급히 묻었다 한다.

제3부

고비에서

비 오고
일시에 피어난 들꽃들이
바람에 흔들린다
힘겹게 몸 일으켜
이건 아니라고 고개를 젓는 듯
그래도 이 향기와 씨앗을 퍼뜨리는 게
어디냐고 고개를 끄덕이는 듯
꽃들이 흔들린다
때로 밀어내며
때로 끌어안으며
나는 무엇으로 흔들리나
잠시 한철 미친 듯이 피어
어느 순간 사라지더라도
흔들리면서 흔들리면서
바람에도 스며들고
바람보다 더 먼 너에게 닿으려

흔들리면서 흔들리면서
그래도 무너지지 않고
몸 일으켜
다시 일으켜
깊은 뿌리로 눕는다.

하톤 볼럭 가는 길

땅 끝에서 구름 일어
사방에서 피어올라
하늘은 구름 꽃밭
그 속 헤집고 달려들면
발끝에서 피어오르는
먼지도 구름 된다.
천지가 하나
그래서 여기 온 거다
나를 온전히 녹여
구름이 되어 보려는 게다
한줌 흩날려 사라지는
먼지가 되려는 게다
아득한 길이 되려는 게다
흔들리고 구불거려도
한발 한발 앞으로 나가려는 게다
그리하여 바람이 되려는 게다.

도룬고비에서 길을 잃다

칭기스 보드카 마시고
초원에 드러누우니
뻗은 손끝에서부터 별이 피어올라
하늘을 덮었다
별 사이사이로 한참을 흘러 다니다
어디가 어디인지
길을 잃었다
보드카보다 도수 높은
별빛을
너무 많이
마셨나 보다.

별을 길어

에르기니조 평원*
달이 지고 별천지
북두칠성 국자 손잡이
저 멀리
땅 끝에 걸려 있다
달려가 잡으면
국자 손잡이 잡으면
별을 퍼 담을 수 있을 것 같다
국자로 별을 퍼 올려
담으면
푸다가 푸다가 아마도
지칠 것이다
아니 그보다
한 국자나
퍼 담을 수 있을까
이 속 좁은 가슴에.

* 에르기니조 평원 : 몽골 동고비에 있는 평원으로 몽골 사람들이
신성시하는 곳이다. 공룡의 뼈가 나왔다는 계곡이 있다.

돌 하나 주워

에르기니조 평원에서
조그만 돌 하나 줍다
울퉁불퉁 모양새라도 모난 데 없다
억년의 바람이
차갑기도
부드럽기도
휘몰아치기도
조용하기도
소리 지르기도
그 바람의 손길에 자신을 맡겨
이렇게 부드럽구나
손아귀에 머물고 있는
억년의 바람
한때 내 가슴을 스쳐갔던 바람들도
이 속에 있을까
찾을 수 있을까

찾을 필요가 있을까
돌을 제자리에 놓으며
천지에 깔린 바람을 밟고 서 본다
나도 바람이 되어
너에게 갈 것 같다
너는 잘 모르겠지만
애써 피하려 고개를 돌릴지 모르지만
그래도 나는 돌처럼 나를
다듬고 있을 것이다
깎이기도 문지르기도 하면서
울기도 웃기도 하면서
시간을 잊고서
뒹굴 것이다
바람처럼 끊임없이
너를 향해 갈 것이다.

초원에서 1

한 시간을 걸어도 그 자리인 듯
길이 있어도 지나칠 수 있고
아무리 멀리 떠나도
찾아올 수 있고
잠시 걷다 돌아봐도
걸어온 길 찾을 수 없는
이곳
끝없이 찾아드는 바람에
납작 엎드린 꽃과 풀들의 흔들림이
안쓰러운 너 같기도 하여
그렇게 초원을 흘러 다니다
너를 힘들게 하는 바람을
내 가슴 속에 집어넣고
말라붙은 소나 말의 똥들 사이
뒹굴고 있는 맥주병 하나
주워 돌아왔다.

초원에서 2

하늘 반
땅 반
가느다란 전신주
전선 세 가닥
이따금 차가 지나간 자국이 길이 되고
인간이나 벌레나
살기 위한 치열한 몸짓과 땀들이
아직은 아름다운 이곳
위로 받기 위해 찾아오지만
돌아가기 위해 찾아오지만
발밑을 스치는 도마뱀의 종적처럼
찾아갈 것 없다
그래도 가만히 서서
무한정 스쳐 찾아 왔다
떠나는 바람의 기억
무정한 바람의 길에도

땅을 딛고 엎드린
작은 꽃과 풀의
숨결소리는 들어야겠다
기억해야겠다.

바람만이 아는 대답

– Blowing In The Wind

서걱대고 먼지 날리는 돌자갈 초원길

어쩌다 만난 사각 진 깊은 우물

가던 길 멈추고 물을 길어

긴 홈통에 부으면

낙타, 말, 양떼들이 몰려와 물을 마신다

낙타가 먼저 마시고

말은 저만치 밀려나 있고

양들은 말할 것도 없다

낙타는 큰 덩치만큼 마실만큼 마신 뒤

천천히 뒤로 물러나 먼 하늘 보고

어슬렁거리던 말이 다가와 물을 마신다

먹을 만치만 먹으니 너도 나도 먹는구나

시커먼 뱃속 우리는

누군가 한없이 배를 채우려

비켜 설 생각이 없으니

누군가는 배를 주려야 한다

발에 채여 들이 댈 틈도 없이
먼발치서 기웃거려야 한다
어울려 함께 무리진 낙타와 말과 양을 보면서
서로 밀치며 물을 마시다
물끄러미 하늘을 보거나
먼 곳을 향하는 낙타의 눈과
긴 목을 보면서
나의 뱃고래는 얼마나 큰지
흠칫 정신 차리고 비켜서기나 하는지
문득문득 하늘을 바라보기나 하는지
산다는 것이 물음으로 가득해지고
바람은 쉴 새 없이 불어 간다
바람만이 아는 대답인가.

약간의 참음에 대하여

무릉에서 홉스굴 가는 길
나담축제로 북적이는 광장
하나둘 모여드는 사람들
음식 파는 게르의 행렬
차를 멈추고 게르 사이로 사라진
운전기사가 오지 않는다
아침 먹거리 사러갔다는데
미리 먹고 오지
기다리다 지쳐 속으로 푸념을 한다
음식봉지를 들고 나타난 기사는
차를 몰고
다른 일행을 태운 차를 찾아 다녔다
길도 없는 초원을 돌아다니다
겨우 모인 차들
차를 세운 채 기사들 모두 모여
봉지에 든 음식을 나눈다

나담축제가 시작되면
제일 먼저 호숄*을 먹어야 한단다
둘러서서 호숄을 나누는 그들을 보며
잠시
부끄러움과
약간의 참음에 대해 생각한다
풀을 찾아 삶을 찾아 떠다니는
혹한 속 유목의 참음은 아니더라도
주머니 속에 남은 자본의 찌꺼기
시간의 탐욕만은 털어낼 일이다
벗어던지려 찾아든 곳에서
기다림의 시간
공허한 시간의 기쁨을 누릴 일이다
따뜻한 호숄 속 양고기 같은
기름진 인정을 느낄 일이다

* 호솔 : 속에 양고기를 넣은 몽골식 튀김만두.

홉스굴에서

굽이굽이 이깅곳강
졸라 맨 허리띠 풀듯
긴 숨으로 온몸을 펼치고
이 산하 저 산천
천개의 숨결
억겁의 시간으로 닦아
더 투명할 수 없는 모습으로
잠겨 있는 너
흐르지 않는 물이어도
초원의 사람들은 너를 바다라
부른다
누구나 한 번쯤
어렴풋한 환상을
현실보다 더 선명한 기억으로 남기듯
너는 바다라 불러도 좋은
환상의 거처

몸 구부려 너를 보다
가슴 속에 묻어둔 기억 하나
툭 떨어져 잠긴다
깨끗한 조약돌 사이
빛바랜 것
주우려다 줍지 못하고
돌아서 가다 다시 건져 올려 보는
참 아련하고 아린 것
소리 없는 물결의 어루만짐에
나 비로소 조그만 강물 되어
너에게로 간다
더 깊이 잠기어
보이지도 들리지도 않는 곳에
나를 던져 본다.

테르킹 차강 노르*

해 저물녘
숙소 뒤 언덕에 올랐다
팔 힘껏 벌려도
차강 노르 – 하얀 호수는
품에 안기지 않고
발아래 솜다리꽃
꽃 피워내느라 땀방울 흠뻑 맺혀 있다
크거나 작거나
삶은 고단하고
향기는 고통의 숨결
멀리 한손에 움켜쥘 듯한 게르
그 속의 친구들은
곤히 잠들어 있거나
짐을 챙기거나
이야기를 나누거나
생각에 잠겨 있을 것이다

저마다 삶의 짐 한 자락

풀었다 챙기며

혼자의 길을 떠나고 있다

스치듯 부대끼는 것들이

모두 부질없다고

웃다가

바위를 가르는 것이 한 방울의 물

그 미약한 단호함을 생각하며

숙연해진다

눈 뜨면 안을 수 없는 호수

눈 감으면 가슴에 들어와 앉듯

사랑도 멀어야 온전히

보인다

* 테르킹 차강 노르 : '테르킹'은 지명이고, '차강'은 희다, '노르'는 호수라는
뜻이다. 차강 노르는 '하얀 호수'라는 뜻.

아래를 보며 걷다

아래를 보며 걸으니
꽃들의 환한 웃음
나도 웃어 좋고
눈꼽만한 꽃송이라도
밟지 않으려 애쓰는
내 발걸음이 좋다
조심스러운 발걸음에
순간순간 멈추는 시간이 좋다
멈추어 느껴지는 바람의 맥박소리가
좋다
잠시 아래를 보고 걸으니
보지 않아도 느껴지는 하늘이 있어 좋다
고개 들어
푸른 하늘을 볼 수 있어 좋다

딜기르 무릉강을 지나며

차를 타고 가다 만나는
초원과 게르
풀을 뜯는 말과 양떼
말을 타고 양떼를 모는
구릿빛 건장한 목동
한 폭의 그림
딜기르 무릉 강 건너 초원
카메라 렌즈를 당겨서 보는 양의 입
풀을 뜯는 양의 입
그 안간힘
그림이 아니라 생존임을 보다
초원을 헤매며 아르갈*을 줍는 여인도
아이락*을 젓는 여인도
아롤*을 만드는 어린 처녀도
풍경이 아니라
치열한 삶이어서

아름답다는 것을 알다
문명의 틈바구니 스산한 삶을 살다 만나는
생존의 눈부심
잠시
고개를 떨구다.

* 아르갈 : 초식동물의 마른 똥으로, 연료로 쓰인다.
* 아이락 : 마유주(말젖을 발효시켜 만든 술).
* 아롤 : 발효 우유과자.

부끄러운 계산법

하루 여행의 피로를 풀고 떠나는
게르 입구의 휴지통
비닐과 물티슈 페트병이 수북하다
소박한 그들의 가슴에
허망한 자본의 쓰레기를 남기고
우리는 떠난다
가져가는 것과 남기는 것
무엇을 비우고
무엇을 얻어가는 것일까
셈이 맞지 않아
손을 꼽기도 부끄러운
계산이다.

알타이산맥 끝자락에서

꿈틀꿈틀 온몸을 비틀며
네 발을 박박 긁으며
시베리아 얼어붙은 땅에서
뒷걸음질 뒷걸음질
그쯤에서 털썩 놓아 버린
은빛 꼬리
어릴 적 입술로 배웠던
우리는 우랄 알타이 어족
그 알타이 산맥 끝자락
한 점 의심 없는
나의 始原
그 앞에 섰다.
등줄기에 얼음 한 조각 구르듯
온 몸이 떨린다
신도 없이
삶의 이전도 이후도 없이

오늘만이 전부인 나에게
너는 뿌리처럼
내 몸을 비집고 들어온다
더듬어 나를 안다는 것이
이토록 가슴 떨리는 일인가?
황금빛을 토하며 지는 해 아래
순하게 엎드린 짐승 같은
너의 품속에
부벼 잠들고 싶다

세이항고비에서 별을 보다

이제야 너를 보는구나
이름을 불러야
의미가 된다고
이름 속에 파묻혀 살았는데
이름조차 허망한 듯
이 밤의 별들
내 불 밝힘이
너의 희망이기도 하였지만
왜 너의 빛이 온전하지 않았는지
등불 하나도 부끄러운
이 밤의 별들
깊은 어둠 속에서
별들은 스스로 불 밝혀 드러난다
하늘 가장 높은 곳에서
땅 가장 낮은 곳에서
세이항고비 언크 강 속에도

별은 빛난다
떨어지는 별도 찬란하다
항상 거기 있었지만
이제야 볼 수 있구나
나의 등불을 끄니
너의 모습 보이는구나
세상 일은 세상을 벗어나야 알게 되고
한 번쯤 세상 밖에서
세상을 보니
세상을 사랑할 수도 있구나
몽골 세이항고비
작고 아름다운 사막의 밤
별은 강을 이루어
흐르다 흐르다
내가슴까지 닿는다
눈마저 적신다

바람을 만나다

사막 한가운데
밤새도록 바람 분다
귀 기울여 바람의 울음 듣는다
귀 기울이니
바람은 숨결이 아니라
소리이다
살기 위한 것이 아니라
살아 있는 것이다
고개를 낮추고
깊이깊이 들으니
바람은 소리가 아니라
휘몰아치듯 그러나
부드러운 손길이다
바람을 마시고
바람결에 온 몸을 맡기고
바람따라 온 하늘을 떠돌아본다

그리다 문득 홀로인 나
별 가득한 사막 한가운데서
별 몰래
바람을 만났다.

아이락 한 잔

이방인 앞에서
고개를 들지 못하는
몽골 여인
제 키만한 플라스틱 통 속
말젖을 젓는다
망아지 엄마 곁에 가지 못하게
붙들어 매어
짜낸 젖
삭히고 저어
만든 술
큰 사발 가득 아이락 한 잔 내오고
나는 시큼한 아이락
벌컥벌컥 들이킨다
망아지 대신
어미젖 마시고
말보다

슬퍼진다.

나는 평화

지평선 바라보며 아침 산책하고
늦은 아침밥 먹고
커피 마시고
침대에 뒹굴며 누군가의 시를 읽고
나의 시를 쓰고
부시시 일어나 옆집 게르 두드려 들어가
이야기하며 놀고 있자니
점심 먹으러 오라 한다
점심 먹고 앉은 자리 두런두런 이야기하다
밖으로 나와
이쁜 몽골아이 사진 찍고
하얀 햇살 속에 그림도 그리고
따가운 빛 피해 게르에 들어가
읽던 시 계속 읽고
문득 생각난 듯 짐 챙겨놓고
침대에 드러누워

천창으로 구름 보고
지나는 바람 소리 듣고
종일 놀아 보는 이런
시간이 언제 있었나
자르거나 잘리지 않는 나만의 시간을
가졌다고 느낄 때
단절인 듯 다 가졌다고 느낄 때
비로소 나는 평화이다
혼자 누워 외로워도
사람이 그립지 않을 때
오직 나만을 슬퍼할 수 있을 때
그때 나는 평화이다.
누운 몸 위로 바람과 별빛
이불처럼 포근할 때
바라는 것이 없을 때
그때 진정 평화이다.

바람의 언어, 텅 빈 충만

한경희(안동대학교 초빙교수)

1.

조영옥 시인의 시집을 읽는다. 나를 위한 '노래'로 시집의 문이 열리고, 나의 '평화'로 마무리되는 시집에서 시인은 세상과 세계를 향한 사랑의 몸짓을 노래라 말한다. 평화를 찾아가는 노래, 평화를 부르는 노래를 포기한 적 없는 시인의 삶. 그 곡진하고 간절함을 얻어 들을 수 있는 기회로 삼으며 이 시집을 읽어 간다.

시를 읽는 내내 시간에 묻은 흔적과 시간 안에서 만나고 부대끼던 사람들과의 상처와 사랑이 찐득거린다. 가족을 돌아보든, 의지를 발휘하고 선택한 삶을 확인하든, 시집의 현재는 먼 뒤안길을 돌아보는 목소리이다. 그 목소리가 몽골까지 이어져 초원의 바람과 별을 불러 내기도 하며 이야기를 풀고 있다. 시집을 관통하고 있는 몽골시편은 굵게 맥을 잡고 흐르면서 시인의 일상을 함께 연결시켜 중년을 넘어 노년에 접어든 자취를 펼친다. 시간, 세월, 시절 등, 맥락마다 달리 부딪혔을 언어들. 우리가 시간의 방식으로 존재하는 이 현상계에서 시인은 시간에 대한 절절한 깨닫기를 해 왔던 듯하다. 시인은 순간순간 간절하게 살아왔으므로 시간언어를 이미 넘어서서 시간 밖 세계를 불러 내고 있는 중임을, 그래서 그 세계를 솔직히 말해 달라 하고 싶다. 그걸 룽(바람)의 언어라고 물어봐도 될까?

2.

　시는 언제나 세상을 감동적인 드라마로 만드는 데 집중해서 그 결과 감동이 일어나지 않을 수 없는가. 깊은 배려와 헤아림으로 내미는 손처럼 시의 손길이 세계의 조화를 그려낼 수 있기를, 시인 스스로를 향해 노래 부르는 일 역시 시인을 넘어 세계로 흘러가는 일임을. 흐르는 세월, 지나가는 바람, 모든 것이 단지 지나가는 일임을 시인은 나무의 심정이 되어 헤아린다. 파도가 스스로 달려와 하얀 포말로 부서지지만 여전히 바닷물로 흐르고 있음을. 그러므로 나무도 파도도 되어보면서 몸의 구속을 넘어서자 수많은 내가 반긴다.

　시인은 사물과 자연, 헐벗은 이웃을 위한 그동안의 노래에도 텅 빈 충만을 만나지 못해 그만 대상을 향한 노래를 멈추고 '나를 위한 노래'로 노래의 방향을 바꾸기로 한다. 나를 노래하는 것으로 진짜 내 노래를 부르겠다는 의지를 발현한다. 나를 노래한다는 것에서 발현되는 내면의 성찰과 소우주의 자신을 만나는 일, 세상을 다시 노래할 힘을 얻는 일까지를 포함해서 나를 노래하는 일을 시도한다. 내가 주변을 향해 기울이는 관심은 온통 나를 향해 노래하는 일과 다르지 않게 되면서 나를 위하는 길이 세상과 소통하고 함께하는 일로 이어진다. 텅 비어서 충만하게 되는 시점이 바로 모든 노래가 나를 향해 있을 때, 그때이다.

나를 노래하는 구체 현장이 「나무가 되어」에서 보인다. 시인은 나무가 되는 일은 깊은 뿌리의 울림을 닮아가거나 열매를 우아하게 맺는 데 있는 것이 아니라고 한다. '달빛 흘리고 바람 보내는' 일이라 한다. 한 줌의 달빛도 담지 못하고, 천지에 가득한 바람도 품지 못하여 우우 바람소리로 우는 울음을 닮는 것이 삶이라 한다. 뭐든 찰나에 머물고 지나가는 바람처럼 흔적을 안으며 그 안에 거주하는 삶에서 시인은 나무의 말과 마음과 하나가 된다. 나무가 되어 보자는 의도에는 나무가 맞이하고 보내는 바람과 달빛이 너무 은은해서 솔깃해진 마음이 묻어 있다. 뿌리를 든든하게 땅에 댄 의지나 깊은 그늘과 열매가 부러워서가 아니다. 묵묵히 맞이하는 바람, 달빛으로 텅 빈 존재가 가진 자유로운 삶을 닮으려는 데 있다.

우리들이 안고 살아가는 추억도 가끔씩 파도처럼 깊은 흔들림을 만나며 잊었다 생각한 상처들과 맞대면 한다.

「서해에서」 파도가 몰아온 물살은 바위를 적시고 굴 딱지를 다닥다닥 붙인 수면 아래의 몸을 들춘다. 이미 오래 전에 버려둔 상처라 여겼으나 파도가 치면 어김없이 그 통증이 살아나 바다의 울음처럼 깊은 울음이 온몸으로 번진다. 포말로 부서지는 바다는 눈물이 된다. 스스로에 대한 믿음이 곧 삶의 의지이므로 그냥 확 믿고 마는 일 말고 사는 일이 따로 있지 않음을 그래서 어떤 변명도 필요없이 막, 확 믿는 일을 감행하라고 가르친다. 한번도 실망한 적 없는 사람이어도 되고, 늘 실망한 사람이어도 그 믿음의 순도는 전혀 다르지 않다.

3.

손자 손녀를 안은 시인에게 아버지 혹은 어머니는 마치 한 세대를 함께 살아가는 동료처럼 애잔하고 특별해진다. 가족이라는 사회에서 감당했던 짐이 세월과 함께 사랑으로 무르익는 지점에 이르면 가족은 또 하나의 고향이 된다. 고향의 여유로운 시간 앞에서 삶의 가장 근원적인 것들을 다시 소중하게 불러내고 그 아픔과 상처도 이제는 추억의 한 장면으로 이해

한다. 어린 시절, 아내에게는 한없이 무심했지만 그래도 자식에게 따뜻했던 아버지를 기억하는 일은 동네 산책도 조심해야하는 연로한 어머니로 이어진다. 어머니가 보낸 세월의 무게 못지않은 딸의 시간도 할머니로 진입해 누구에게나 생의 무게는 비등비등하고 나란하다는 걸 다시 일깨운다. 부모와 자식으로 맺은 인연의 시간은 할머니, 할머니, 또 할머니의 세월을 살더라도 그 특별한 지상의 인연으로 우리는 겨우 삶을 배우고 살 수 있는 거라 말한다.

아버지와 함께 「풀」 쒀서 벽지 바르던 그 시절의 추억은 지금 아버지 빈자리로 더 생생하다. 아버지의 따뜻했던 목소리는 늘 사랑을 확인하는 자리이지만 그 지점엔 통증이 함께 수반된다. 아버지와의 추억 자락에 남은 벽지 바르기는 그래서 더욱 소중해진다. 진실로 사랑하는 사람과 헤어지고 나면 남는 후회란 왜 좀 더 잘 해주면서 오래 함께 있지 못했는가에 있고, 시인 역시 딸의 목소리로 그 아쉬움을 어쩌지 못하고 있는 중이다. 교복을 다려 주시던 아버지를 현재의 자리로 불러 기억해 내는 아쉬움 안에 놓인 그 마음이 풀을 쑤다 불쑥 밖으로 드러난다.

아흔이 다 된 노모가 환갑이 멀지 않은 딸을 배웅 나온다. '아흔을 바라보는 엄마와 환갑을 바라보는 딸이 애틋하게 손을 흔든다.' 「할미꽃 두 송이」의 풍경이다. 먼 길 갈 딸의 등이라도 몇 번을 더 볼까 하는 마음을 딸은 이미 헤아리고 흐린 눈이 된다. 핸드폰도 무거운 당신이 지하철역까지 딸을 바래다주러 나오는 길은 불안하지만 어머니 마음을 받는 일이니 딸은 그 길이 따뜻하고 소중하다. 천천히 엄마 보폭에 발을 맞춰 걸으며 어린 딸이 되어 본다. 길 끝에서 서로 헤어져 걸으며 돌아보며 아픈 이별을 하는 풍경에서 시인은 고운 할미꽃 두 송이가 핀다고 했다.

「유년풍경」에서 시인은 소녀시절 영화를 보면서 천변만화를 알게 되는 문화충격을 겪거나, 배곯던 시절의 상처도 거리를 두고 멀리멀리 흘러온 자신을 반추한다. 「유년풍경」에서 열 살 소녀는 삼류극장 관람석 통로에서 인생을 배운다. 세속의 그 흔한 사랑과 불륜을, 정의로운 사람 유관순 누나의 고문을 영화가 가르쳐 준다. '세상은 깊은 우물로 내 속에 잠기'고 말았다. 혼자서 울고, 웃고, 놀고, 보며 영화는 어린 소녀를 키웠다. 배고프던 시절 술지게미 끓여먹던 시절, 달작지근한 맛에 취해 집으로 돌아갈 길을 잊어버렸던, 이제 그 어린 시절을 추억하는 시인도 다시 그 어린 소녀로 돌아갈 길을 잃어버렸다.

그러나 시를 쓰다가 시인은 그만, 소회를 솔직히 밝히고 만다. 「귀향」은 단지 빈 고향집으로 돌아가는 일만이 아니다. 딸이 되어 어머니, 아버지에게로 마음이 가닿는 일에서부터 고향의 오래된 빈 집까지 연결된다. 오래 비어 둔 빈 집으로 돌아와 잡초와 가을벌레 소리 한가운데서 그 자체로 위안을 얻는다. 이제 오래 비워 둔 빈 집은 고향이 되고 있다. 가족과 추억은 고향이 되어 텅 비어 있는 충만을 드디어 발휘하기 시작한다.

4.

　몽골을 노래하려면 몽골의 초원을 만들어 온 바람과 별을 빼고 어떻게 감히 입을 열 수 있겠는가. 시인 역시 몽골시편 곳곳마다 바람과 별을 담아 두고 혹은 보내 두고 그립거나 찬란한 몽골을 이야기한다. 그러니 시에서는 별과 바람이 묻어 있지 않은 몽골시편은 없을 정도이다.

　어두운 사막 고비에서 밤을 밝히는 별빛은 단순히 명맥만 유지하는 별빛이 아니다. 사막의 밤을 온전하게 밝히며 몽골의 고유함을 전하는 빛들이다. 시인은 「세이항고비에서 별을 보다」에서 몽골 밤하늘의 별을 본 자들은 별의 진짜 이름과 의미를 다시 되새겨 내는 거룩한 글을 쓰지 않을 수 없었을 거라 한다. 별의 존재들, 그들이 스스로 빛을 밝히며 한밤을 빛내는 까닭들을 더듬는다. 강처럼 흐르는 별빛들 그 무수한 빛의 행렬 속에서 두고 온 모든 것들, 사람도 하나의 사물이 되어 모든 자연물의 존재의미를 다시 이해시켜 주는 별의 위력을 감지한다. 높고 낮은 곳 어디나 훤히 비추며 스스로 빛나며 존재하는 별을 통해 존재의 의미를 되새김한다.

발음으로도 낯설고 까마득한 초원, 어디에서나 볼 수 있는 별밭을 헤매는 시인이 있다. 시「별을 길어」에는 별을 한 국자씩 떠서 닫힌 가슴에 부으면 가슴에 별이 달릴 거라 한다. 그럼 그 가슴은 환하게 빛을 내면서 활짝 열리게 될 거다. 몽골의 저 이름 긴 초원에 서면 누구나 가슴에 별 한 국자씩 담지 않을 수 없을 거다. 그 별을 가슴에 담아 둔 사람은 언제나 열린 가슴이 되어 빛나는 동화를 살 수 있을 것 같다. 시인은 그 마음으로 이 시를 쓴 것 같다. 별을 노래하는 마음으로 몽골시편을 읽다보면 곧 찬란한 별이 될지 모를 일이다.

몽골의 별빛에 취한 시「도룬고비에서 길을 잃다」는 칭기스 보드카를 마시고 초원에 누웠지만 알콜 기운은 어디로 가고 온 몸이 별빛을 흡수한 체험언어들로 가득하다. 수많은 별 사이에서 길을 잃은 그 발길은 초원 위에 몸을 누이고 있었으나 시선은 한 순간도 별밭을 떠나지 못한다. 길 잃은 시인의 눈길은 새로운 별빛을 받아 마시느라 취기를 잃는다.

몽골 초원의 별은 바람과 함께 흐르며 바람과 함께 빛난다. 바람은 단순히 공기의 이동만이 아니다. 공기가 한번 움직이면서 몽골의 초원을 흔들어 순리를 일깨워 준다.「바람을 만나다」에서 첫 바람은 숨결로 들리다가 좀 더 귀 기울이니 살아 있는 소리로 울린다. 그 소리 따라 더 침잠해 들으니 따스하고 부드러운 손길이 느껴진다. 시인은 사막의 한밤, 별 빛이 초롱초롱 별밭을 이루는데 그 틈새에서 바람과 만나고 바람의 마음이 되어 보는 중이다.

몽골에 오면 우선 순서도 바람만이 알고 바람의 순리대로 흐른다. 「바람만이 아는 대답」처럼 먼지와 갈증이 심한 돌자갈 길에서 우물을 만나면 가장 먼저 낙타가 마시고, 그 다음 말, 양이 차례로 마신다. 이들은 먹을 만큼만 먹기에 우물물로 충분히 갈증을 녹인다. 못 마시는 녀석 하나 없이 골고루 마신다. 이 풍경 앞에 인간의 욕망을 떠올리며 반성하는 목소리, 바람만이 아는 대답이냐고 묻지만 바람은 영원히 대답하지 않을 것임을 시인은 안다. 그 대답 역시 시인이 스스로 던지고 있는 숙제임을.

몽골 초원의 사물 하나하나에는 바람결이 묻어 있다. 돌멩이 하나까지 바람의 무게가 실려 있다. 천년의 바람에 깎이고 깎인 돌멩이 하나 주워 들고 바람따라 흘러온 시간을 더듬어 보다가, 다시 제 자리에 돌을 놓는다. 「돌 하나 주워」에는 막 불어서 지나가는 바람, 수억 년을 쉬지 않고 불어오고 있는 바람, 몽골초원을 만들어 오고 달래러 오는 바람, 그 사이사이, 수많은 역사의 단위와 시간 속에서 말없이 불어오고 불어가는 바람이 있다. 인간에게 시간이란 만나다, 헤어지다를 반복했을 상태이지만 돌에게 물어보면 겨우 호흡 몇 번의 짧은 순간이다. 돌은 제자리에서 그냥 바람을 맞이할 뿐이다. 수많은 만남과 헤어짐 속에서 나를 구성해 온 영혼의 자화상은 다시 돌처럼 깎이고 다듬어진다.

모든 바람이란 바람은 다 몰아서 불어오는 초원에서 꽃은 납작 엎드리는 삶을 선택한다. 그 애처로움이 다시 살아 있는 생명력으로 발휘되자면 스스로 초원의 바람을 맞아보는 일이 현명하다. 그 바람 다 맞으며 가슴에 담아 두고 초원의 꽃들을 위로하자고 덤비는 시인이 「초원에서 1」에 서 있다. 「초원에서 2」에서 하늘과 땅이 반반 섞여 있고 그 빈틈으로 바람이 사정없이 몰아 불어대는 곳에서 바람의 거친 소리를 피해 땅에 납작 엎드린 풀과 꽃들의 숨결을 귀 대고 들으며 그 숨결을 기억하려 애쓰는 시인이 있다. 초원은 지친 사람들이 잠시 그 마음을 달래는 길이거나 다시 충전하려는 허공 같은 곳이다.

초원의 꽃들은 허공에서 불어오는 바람을 맞이하여 그 허공을 가르며 피어나서 텅 빈 충만을 가득 피운다. 사막의 꽃들, 비 오면 그 응집된 힘으로 피어나 바람에 흔들리며 씨앗을 퍼뜨려 꽃들의 존재 목적을 완전히 연소해 낸다. 누구나 한 시절 곱게 피어나듯이 고비의 사막에도 생명은 찬란하게 피고 핀다. 「고비에서」에서 피는 꽃은 바람을 받아 내거나 밀어내거나, 혹은 아예 바람에 스며들면서 더 멀리 더 오래 살아 있을 방향을 향해 뿌리를 눕히고 또 일어서면서 초원을 아름답게 물들인다.

「하톤 볼럭 가는 길」은 지평선과 맞닿은 넓고 넓은 땅으로 구름이 피어오르고 그 구름 속으로 차가 달려들면 차가 일으키는 먼지와 구름은 꽃밭을 만든다. 그 가운데 사람인 듯한 생명들 다 녹아들어 구름이 되기도 하고, 먼지가 되기도 한다. 그러다가 바람에 날리는 한 줌 재가 되는 일이 죽어서가 아니라 살아 있는 채로 겪어볼 수 길이 하톤 볼럭 가는 길이다.

「딜기르 무릉강을 지나며」 분명히 몽골 평원의 풍경을 보고 있지만 시인은 그 풍경에서 치열한 생존현장을 읽어 낸다. 순간의 아름다움에 다시 절감하는 작품이다. 양이 풀을 뜯는 평화로운 풍경에서 양의 입은 안간힘을 내는 생존의 현장을 그대로 보여 준다. 아르갈을 줍는 여인, 아이락을 젓는 여인, 아롤을 만드는 어린 처녀, 이 몽골의 여성들은 사실 한창 노동 중이다. 이방인의 눈에 들어올 여유와 낯선 풍경이 시인에게는 진땀 나는 생의 한가운데를 관통한 노동이 된다. 우리 문명의 이름 앞에 약간은 낯설게 보일지 모르나, 엄연한 생존의 맨살, 문명의 속살은 진지하다.

몽골 초원을 걷거나 혹은 달리는 먼 여행자는 사소한 몽골의 일상에서 깊은 지혜를 배운다. 묵직한 교훈의 언어가 아니라 초원의 바람처럼 스치듯 가장 가벼운 무게로 흐르는 삶에서 신비에 가까운 충만을 배운다. 그 여운이 가벼워질수록 더 아름다워진다는 것을 느낀다.

우리 삶은 거리를 회복하는 일로부터 충전할 수 있는 것일까. 「테르킹 차강 노르」 차강 노르 하얀 호수까지 거리 이동은 바로 여행의 완급을 조절하는 그 배경이 된다. 이곳 호수에서 보이는 게르는 풍경이 된다. 또 다른 곳으로 옮겨 앉을 천막 사람들의 삶이란 짐 풀고 챙기는 일상의 반복일지도 모르지만 그 짐을 풀고 다시 싸며 삶이 여행 자체임을, 그리고 길더라도 하루를 반드시 살아서 다시 하루를 이어갈 뿐임을 그 묵직한 일상과 하루를 먼 시선으로 일깨운다.

몽골에서 반성문 쓰듯, 몽골 풍경이 마음으로 박힌 내면을 읽는다. 늘 부족했고 모자란 성찰도 몽골에 발 디디면 가능해지는가. 고개 숙일수록 세상에 자그마한 꽃들까지 자세하게 볼 수 있고 꽃들 밟을까 피하며 발을 멈추는 사이사이, 잠시 멈추며 세상의 움직임, 몸의 흔들림, 바람까지 감지해 낸다. 「아래를 보며 걷다」에서 천천히, 느릿느릿, 나지막하게 걷는 일의 놀라움이 발견된다. 「부끄러운 계산법」, 「약간의 참음에 대하여」 등은 초원이 사람의 욕심을 야단치기라도 하고, 돌멩이와 풀 한 포기에도 그 생명의 위대성에 무릎 꿇게 만드는 신비함이 있는 깃들어 있다.

시인에게 몽골은 연대의 대상임이 분명하다. 몽골 초원의 별, 바람, 사람이 모두 분명한 너였던 것이 아니었다고 고백한다. 「알타이산맥 끝자락에서」 '신도 없이 삶의 이전도 이후도 없이 오늘만이 전부인 나에게 너는 뿌리처럼 내 몸을 비집고 들어온다.'감각의 한계 안에서 알타이로 통칭되는 이 어눌한 연대의 정서를 말로 풀어 내지도 못하고 그냥 알타이로 오랜 시간의 친화와 동질성을 위로해 본다. 신을 불러올 신성도 사라진 시대, 단지 현재 지금 당장만 겨우 시각을 의지해 현상을 볼 뿐, 알타이로 함께 묶이는 어느 고대사 한 자락이 편안한 귀향의 또 다른 모습을 갖고 있을 거라 기대한다.

5.

마지막 장에서 「나는 평화」라는 시를 놓고 중얼거린다. 평화는 시간이 완미하게 천천히 흐르는지도 모르게 흐를 때 찾아오는 손님이다. 놀고, 쉬고, 또 놀고, 즐거운 먹을거리를 사이도 두고, 또 영혼이 살아나는 이야기를 나눌 때, 내가 나다워질 그때 비로소 내 중심이 자리를 잡고, 내가 왜 살아있는가를 몸으로 기쁘게 확인할 때, 그 한가함 가운데 내 길이 보이고 그 길을 언제나 한결같이 걸어갈 때, 그 자유로움 안에서 숨 쉬는 일을 시인은 평화라고 쓴다.

"혼자 누워 외로워도 사람이 그립지 않을 때 오직 나만을 슬퍼할 수 있을 때 그때 나는 평화이다." 외로움을 외롭게 감지하고 그 안에서 외로움을 읽어 낼 때, 그때 시인의 평화는 찾아온다. 오직 혼자여서 외로워지고 그 외로움을 앓는 내가 슬퍼함을 감지할 때, 그 안에서 평화가 온다고 시인은 쓴다. 오롯이 혼자 있기는 또 얼마나 힘든가. 혼자가 혼자가 아닐 때, 고요를 만들지 못하고, 어수선한 소음 속에 놓여야 할 때, 엉거주춤 섬으로 섬 옆에 있어야 할 때를 다 떠나보내고 혼자 남는 시간은 평화의 흐름이 이어진다. 그 시간을 살아낼 수 있는 공간이 몽골이었다 고백하는 글이다.

시인은 몽골을 찾아가 초원의 넓이로 숨결을 느끼며 바람을 맞고, 하늘의 높이로 별을 노래한다. 그러니 나를 위한 노래라고 하지만 바람에 맡겨둔 나는 이미 세상의 평화에 그냥 녹아든다. 몽골 초원의 그 거침없는 바람, 절대 쉰 적이 없었던 바람의 시간을 시인은 평화의 시간으로 다시 썼다. 살아 있음의 구차함에서 진지한 성찰에 이르기까지, 유년에서 노년까지 긴 호흡이 어떻게 각 마디마다 힘을 얻어 살아낼 수 있었던가를 보여 준다. 어느 시기인들 온전한 자신의 의지로 결행하지 않은 시간이 있었을까만 몽골 초원에서 바람의 말은 끝없이 이어진다. 초원의 바람이 건네는 말은 들을 수 있는 사람에게만 들리는 의지의 언어가 되어 다시 초원으로 이어지고 있다. 그

의지가 묻어 있는 바람에는 시간이 보태져 텅 빈 충만을 부르
는 바람길이 다시 열리고 있다.